鬥嘴一班學習系列

鬥嘴一班

英文填字王

漫畫編寫：卓瑩
填字遊戲：Aman Chiu

U0111503

新雅文化事業有限公司
www.sunya.com.hk

目錄

人物介紹

高立民
班裏的高材生，為人熱心、孝順，身高是他的致命傷。

文樂心（小辮子）
開朗熱情，好奇心強，但有點粗心大意，經常烏龍百出。

胡直
籃球隊隊員，運動健將，只是學習成績總是不太好。

江小柔
文靜溫柔，善解人意，非常擅長繪畫。

黃子祺
為人多嘴，愛搞怪，是讓人又愛又恨的搗蛋鬼。

吳慧珠（珠珠）

個性豁達單純，是
班裏的開心果，吃
是她最愛的事。

周志明

個性機靈，觀察力
強，但為人調皮，
容易闖禍。

謝海詩（海獅）

聰明伶俐，愛表現
自己，是個好勝心
強的小女皇。

李海沙

藍天小學的學
生，巴基斯坦
籍人。

文宏力

藍天小學六年
級生，文樂心
的哥哥。

前言

　　詞彙是語文的基本意義單位和結構單位，掌握好詞彙知識和運用詞彙的能力，是學好語文的關鍵。本書從 3 類主題出發，巧妙地把小學階段必須掌握的英文詞彙包羅其中。以英文填字遊戲的形式寓教於樂，引導學生根據不同類型的提示去破解謎底，找出正確的詞語。英文填字遊戲不但可以增加詞彙量，還能溫故知新、鞏固所學。

　　快來一起挑戰吧！

英文填字遊戲的玩法

- 根據提示將答案填在白色格子中，其他格子中不可填入英文字母。
- 填字時要留意橫向  和縱向 的分別。
- 每道題目都有一個總分，題目中每一個英文詞彙計 1 分。

誰先來？

我來！

他有一雙粗粗的眉毛。

是胡直，他的愛好是打籃球！

這麼快就猜出來，真沒勁！

我們果然是好兄弟！

第二回

這位同學嘛，有一個與眾不同的外貌特徵！

一定是吳慧珠，她的身形是非一般的胖！

比我胖的同學多的是呢！

不是珠珠，再猜猜看！

難道是黃子祺？他臉上有雀斑啊！

也不是！

是心心，她臉上有一顆獨一無二的痣！

文樂心

小柔果然是心心的好知己啊！

第三回

這位同學喜歡吃肉。

是珠珠！

是周志明！

這位同學除了喜歡吃肉，還是個骯髒大王！

都不對！

我知道了，

是黃子祺，他經常上完廁所不洗手！

Round 1 My face 我的臉孔

⊞ Across 橫

1. the long part inside your mouth that moves when you eat and talk

2. the opening in your face which you use for eating and speaking

3.

4. you see things with your _____s.

5. 臉頰；面珠

6. 額頭；前額

⊞ Down 直

一. one of the hard white things which grow in your mouth

二.

三. all the thin things which grow on and cover your head

四. 下巴

五. the part of your head that you hear with

六. the part of your face which breathes and smells

Score : 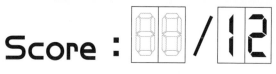 / 12

		1 一					五	
	2				三			
								六
				3				
			二					
						4		
5								
					四			
	6							

Round 2 My body 我的身體

⊞ Across 橫

1. a hard part at the end of a finger or toe

2.

3. the part in the middle of your leg where it bends

4. the shortest, thickest finger on the hand

5. the top part of your body

6.

7. 腿

⊞ Down 直

一. the part of the body between the head and the shoulders

二. 腳趾

三.

四. 手臂

五.

六. the top of your arm where it joins the neck

七. 皮膚

八. the part of your arm where it bends

 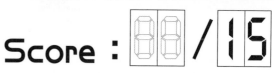
			1	四			六		
							六		
	2	二							八
3	一				4				
			5 五						
	6 三						七		
7									

Round 3 My family 我的家庭

⊞ Across 橫

1.

2. Mrs. Li is a _____ of three children.

   李太太是三個孩子的母親。

3. 「祖父」或「外祖父」的英文口語說法

4. the child of your uncle or aunt

5. 哥哥；弟弟

6. a girl who has the same parents as you

⊞ Down 直

一. 「母親」的英文口語說法

二. a man who has a child or children

三. the mother of your father or mother

四. the sister of your mother or father, or the wife of your uncle

五. 伯父；叔父；舅父；姑丈；姨丈

 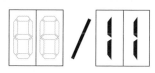
		二				1	四		
					三				
2 一									
	3								
									五
				4					
	5								
6									

Round 4 In the living room
客廳裏

⊞ Across 橫

1. a piece of cloth hung over a window

2. a living thing that is not an animal

3. the top part of the room

4.

5. a machine for talking to a person in another place

6. 地毯

⊞ Down 直

一. a machine for showing you the time

二.「冷氣機」是 air- _____ 。

三. 燈

四. the part of the room where you stand

五.「電視機」的英文縮略語

六.

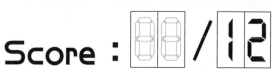
		1 二									
一											
					2	三			五		
3											
									六		
	4						四				
	5										
					6						

Round 5 My bedroom 我的睡房

⊞ Across 橫

1.

2. I wear _____ at home. 我在家裏穿拖鞋。

3. a cupboard for clothes

4. 「雙層牀；上下格牀」是 _____ beds。

5. a thing used for hanging clothes

⊞ Down 直

一. 牀單；被單

二. a thing you sleep on

三. a thing for putting your head on in bed

四.

五. 海報

六.

 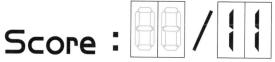
			1	四					
									六
		三							
2 一									
							五		
		3							
4 二									
		5							

生活篇

Round 6 My clothes 我的衣服

⊞ Across 橫

1.

2. 外衣；大衣

3.

4. a long piece of cloth that a man wears around his neck

5. a pair of things that you wear on your foot

6.

7. a soft covering for your foot

8. 半腰裙；半截裙

⊞ Down 直

一. 男用的襯衫；恤衫

二. 一條褲子；長褲

三.

四. 夾克；短外套

五.

					1 三				
2			二						
									五
	3								
							4		
	一					四			
5									
						6			
			7						
		8							

Round 7 In the bathroom 浴室裏

Across 横

1. 
2. a piece of cloth used to dry your body
3. liquid soap that you use to wash your hair
4. 
5. I take a ________ every day. 我每天都淋浴。
6. 洗臉布；擦布
7. 「浴缸」是 bath ________ 。

Down 直

一. 「浴室腳墊」是 bath ________ 。

二. a small brush used for cleaning your teeth

三. 

四. something that cleans your hands

五. a handle on a pipe which lets water out

六. 「漱口杯」是 tooth ________ 。

 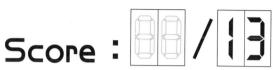
		1 二					五		
	2								
						四			
	3								六
			三		4				
		5							
一									
		6							
7									

Round 8 In the kitchen 廚房裏

⊞ Across 橫

1. 「電飯鍋；電飯煲」是 rice ＿＿＿＿＿ 。

2. a thing with points for picking up food

3. a pair of sticks for eating

4. 鹽

5.

6. 掃帚；掃把

⊞ Down 直

一. sweet powder that you put in food or drinks

二.

三. 瓶子

四. 「微波爐」是 microwave ＿＿＿＿＿ 。

五. a cupboard for keeping food cold

六. a sharp thing used for cutting

七.

	1 二					五			七
						2			
		三							
3								六	
4 一									
5			四						
					6				

Round 9 My birthday party
我的生日會

▦ Across 橫

1. 「生日卡」是 birthday _____ 。

2. 切(蛋糕)

3. The children are _____ their hands. 小孩子在拍手。

4. You may _____ out the candles on the birthday cake.
   你可以吹熄生日蛋糕上的蠟燭了。

5. All of us are _____ the birthday song together.

6.

▦ Down 直

一. a plastic bag that is filled with air

二.

三. I made a _____ . 我許了一個願。

四. a stick that gives a light when it burns

Score :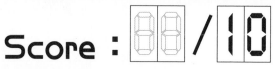

	一					2 四		
1								
3		二						
				4				
				三				
	5							
6								

生活篇

Round 10 Making friends 交朋友

⊞ Across 橫

1. I _____ see you next week.

2. " _____ are you?" "I'm fine, thank you."

3. "How _____ do you go to the library?" "Once a week."

4. How _____ brothers do you have?

5. _____ . See you tomorrow.

6. "Do you have a pet?" " _____ , I don't."

7. _____ do you usually go to bed?

8. "How do you come to school?" " _____ foot."

⊞ Down 直

一. " _____ do you live?" "I live in Tin Hau."

二. You say "Good _____ " in the morning.

三. " _____ is your favourite singer? "Faye Wong."

四. " _____ are your hobbies? "Swimming and badminton."

五. What do you want to _____ when you grow up?

六. "What's your _____ ?" "My name's David."

七. " _____ do you learn Kung Fu?" "Because I like it."

八. "Have you ever been to Beijing?" "No, _____ ."

九. " _____ I buy you a drink?" "Yes, please."

一				1 四					
2		三							
		3			六			九	
	二					4		八	
5				五					
	6					7 七			
8									

Round 11 My hobbies 我的愛好

⊞ Across 橫

1. We like going _____ing in the hills. 我們喜歡在山間露營。

2. He likes watching _____ . 他喜歡看電視。

3. They like making _____ . 他們喜歡製作模型。

4. She likes _____ing. 她喜歡看書。

5. My brother likes listening to the _____ . 我的哥哥喜歡聽
   收音機。

⊞ Down 直

一. My cousin likes collecting _____ . 我的表弟喜歡收集郵票。

二. Mummy likes _____ing. 媽媽喜歡畫畫。

三. Dad enjoys watching _____ . 爸爸愛看電影。

四. My sister enjoys listening to _____ . 姐姐愛聽音樂。

五. My younger brother always plays _____ games. 我弟弟
   常常玩電子遊戲。

六. Grandpa likes playing _____ . 祖父喜歡下棋。

七. Uncle likes _____ing coins. 叔叔喜歡收集錢幣。

八. I like going on _____ during the holidays. 我喜歡在假日
   時去郊遊。

 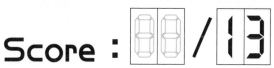

						1六			八
		三							
一									
2			五						
						七			
		3四							
	二								
				4					
5									

生活篇

Round 12 Our feelings
我們的感覺

⊞ Across 橫

1. He broke his arm and was in great _____ .
2. feeling unhappy and angry because someone is better than you
3. happy 的相反詞
4.
5. needing and wanting to drink
6. 傷心的

⊞ Down 直

一. feeling worried and a little frightened
二. 害羞的
三. wanting to eat
四. pleased with yourself, or with something that is yours
五.

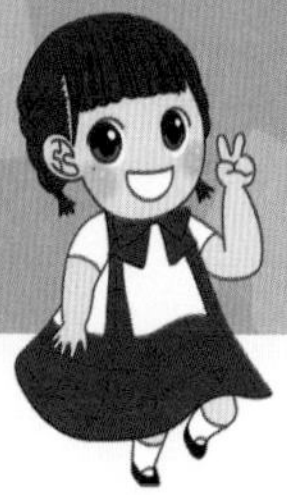

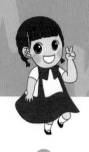

Score : / 11

				1 四					
	一								
2									
									五
	3		三						
		4							
	二								
5									
							6		

詞彙能量站

以下這些都是和家居有關的詞語，看看你知道多少吧？

vacuum cleaner 吸塵機

pressure cooker 壓力鍋

cooker hood 抽油煙機

laundry dryer 乾衣機

glass cabinet 玻璃櫃

pendant lamp 吊燈

water gauge 水錶

ventilation pipe 通風管道

趣味漫畫②

香港一日遊

赤柱海濱長堤

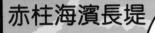

噹噹噹，這座就是揉合了中西方建築特色的美利樓，有長達一百七十多年的歷史呢！

歷史很悠久啊！

它原本是位於中環花園道，後來才被遷移到這兒了！

中環　赤柱

這兒是赤柱的一大名勝，我們來合照啊！

好呀！

咔嚓！

大型商場

咕──

玩了這麼久，不如
吃點東西吧！

咕──

咕──

這兒有什麼
好吃的？

大酒樓

適合三五知己一邊
喝茶一邊聊天！

中式酒樓以吃
點心為主，

我……

趕時間的話，到快餐店吃個套餐也不錯！

中、西餐及日本料理都一應俱全，

不過價錢就……

吃自助餐就最好，

我信奉伊斯蘭教，

只能吃清真食物啊！

好呀！

大家靠近一點，望着鏡頭……

笑！

汪！

呀！

Round 13 At a Chinese restaurant 在中餐廳

⊞ Across 橫

1. 「茶壺」是 tea _____ 。

2. 「中式點心」是 _____ sum。

3. 「叉燒包」是 steamed _____ with barbecued pork。

4.

5. 鮑魚

6. 「雞腳；鳳爪」是 chicken _____ 。

7. 「醬油；豉油」是 _____ sauce。

⊞ Down 直

一.

二. 「蒸牛肉球」是 steamed _____ balls。

三. 「一條春卷」是 a spring _____ 。

四. 「水餃；餃子」的英文複數

五. 「豆腐」是 _____ curd。

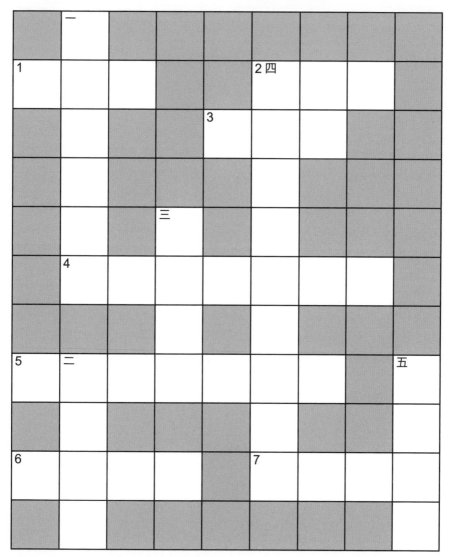

Crossword grid with clue numbers:
一 (top), 1, 2 四, 3, 三, 4, 5 二, 五, 6, 7

Round 14 At a fast food shop 在快餐店

⊞ Across 橫

1. long pieces of a fried potato
2. pieces of bread with meat, cheese, jam, etc. between them
3. 「冰淇淋；雪糕」是 ice _____ 。
4. 飲管 drinking _____
5. a kind of sweet brown soft drink
6. 奶昔

⊞ Down 直

一. 炸餅圈；甜甜圈
二. cold, mixed vegetables or fruit
三. 「蘋果餡餅；蘋果批」是 apple _____ 。
四.
五. 蛋糕
六. liquid that comes from fruit
七.

 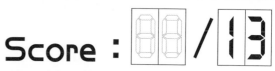
四

1

六

一

2 二

七

3

4

5 五

三

6

Round 15 Having a buffet dinner
吃自助晚餐

⊞ Across 橫

1. 蠔
2. Italian noodles
3. meat from a pig
4. 布丁
5. a piece of cloth or paper used to keep clean at meals
6. an animal that lives in water

⊞ Down 直

一. Japanese food with pieces of raw fish on top of cooked rice
二. 湯
三. a list of things you can eat in a restaurant
四.
五.
六. 牛排；牛扒
七. 三文魚

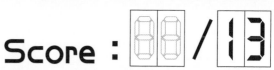
	二									
	1									
						六				
2一										
		三								七
				3	五					
	4		四							
					5					
6										

Round 16 At school 學校裏

⊞ Across 橫

1.  。

2. a child learning at a school

3. a place where you have a lesson

4. 「美術室」是 _____ room。

5. 「音樂室」是 _____ room。

6. a man in charge of a school

⊞ Down 直

一. 禮堂；會堂

二. a place where people work

三. 操場

四. a place where you can borrow books

五. 「電腦室」是 _____ room。

 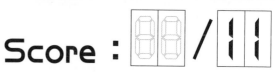
	1	二								
						四				
			2 三						五	
	3									
一					4					
		5								
6										

Round 17 Our city 我們的城市

▦ Across 橫

1. 「百貨商店」是 _____ store。

2. a place where aeroplanes land, take off and are kept

3. 「郵政局」是 _____ office。

4. Mum buy vegetables and fruit in the _____ .

5. a place where children go to learn

▥ Down 直

一 .

二 . 博物館

三 . 餐廳

四 . a place where you go to watch films

五 . a place where sick people go

六 . a safe place where we keep money

七 . 「消防局」是 fire _____ 。

三 四

二

六

1

五 七

2

3一

4

5

社區篇

Round 18 On the road 馬路上

Ⅲ Across 橫

1.

2. 「港鐵」（舊稱「地鐵」）的英文縮寫

3. 行人天橋

4. 「輕便鐵路；輕鐵」的英文縮寫

5.

6. 「交通燈」是 traffic _____ 。

Ⅲ Down 直

一.

二. a large car with lots of seats

三. a path under a road

四. a number of cars pulled by an engine on a railway

五. 汽車

六. 行人

			1 二				五		
	一				2	四			六
				三					
3									
							4		
					5				
	6								

Round 19 On the sea 海上

▦ Across 橫

1. 戰艦

2. a place where ships can stay safely

3.

4. a ship which carries people across a harbour

5.

6. a fast ship that moves on top of the water

▦ Down 直

一. 「救生艇」是 ＿＿＿＿＿＿＿ boat。

二. 小船

三.

四. 碼頭

五.

六. a thing that carries a road over a river or the sea

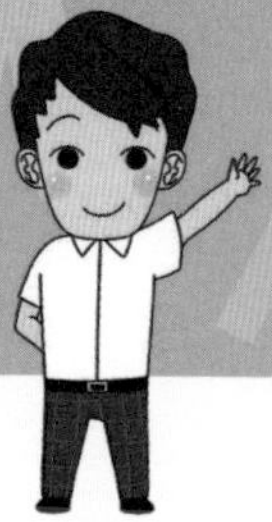

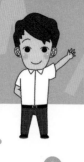

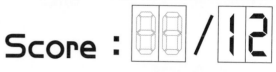

Score : / 12

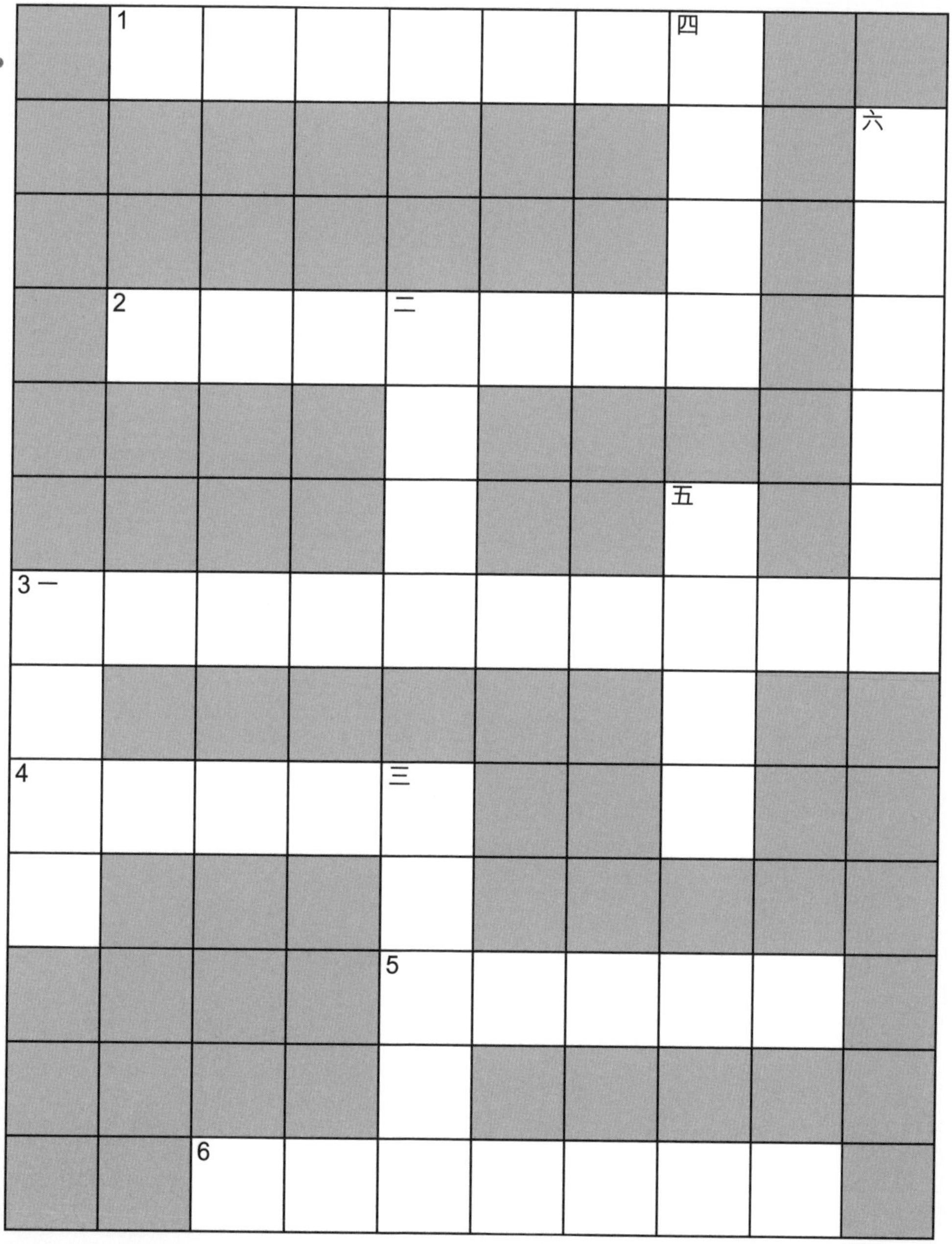

Round 20 At the supermarket
超級市場裏

▦ Across 橫

1. 飲品；飲料

2. a sweet, brown food

3.

4. coins and paper notes that we use for buying things

5. 麵包

6.

7.

▦ Down 直

一. a person who takes money in the supermarket

二.

三. 櫃枱

四. 小吃；點心

五. the soft parts of an animal that we eat

六. (放置貨物的)木架；架子

七. 「汽水」是 ＿＿＿＿＿ drinks。

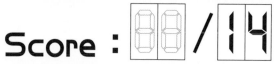

二

1   四   六

2一

三   五

3   4

5   6   七

7

Round 21 In the toy shop
玩具店裏

⊞ Across 橫

1. a toy that looks like a person
2. 大富翁遊戲
3. 卡通
4. a toy that looks like a person or an animal which you can move
5. 樂高玩具
6.

⊞ Down 直

一. 「模型車」是 _____ car。
二. 「玩具熊」是 teddy _____ 。
三. 漫畫書
四. a machine that can work like a person
五. 「跳繩」是 skipping _____ 。
六.
七. 「價錢牌」是 price _____ 。

Score : 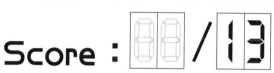 /13

					四				
				1					
	一		三						
2							六		
			3		五				
			4					七	
	二								
						5			
6									

Round 22 In the pet shop
寵物店裏

⊞ Across 橫

1. a young dog

2. a slow animal with a hard round shell

3. 狗

4. an animal which can catch mice

5.

6. 動物的尾巴

⊞ Down 直

一. a young cat

二.「鳥籠」是 bird _____ 。

三. a small animal with long ears

四.

五. a large bird which can talk like people

六. 🐁

七.「金魚缸」是 fish _____ 。

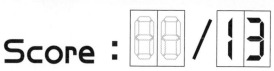

一					1				
				四					
2		三							
								六	
			3						
					五				
4 二			5						
								七	
					6				

社區篇

Round 23 In the playground
遊樂場上

⊞ Across 橫

1. 🛝

2. 「飲水器」是 water ＿＿＿＿＿ 。

3. 樹枝

4. ⛲

5. 小溪

⊞ Down 直

一 . 籬笆

二 . 「爬高架；攀玩架」是 ＿＿＿＿＿ gym。

三 . The children are catching butterflies with a ＿＿＿＿＿ .

四 . 🛹

五 . a long thin small animal with no legs and bones

六 . a long seat

七 . a thing usually made of paper which can fly in the air on a long string

				1四					
									六
		二							
2一									
			3						
									七
						五			
4			三						
		5							

Round 24 Travelling around Hong Kong 暢遊香港

⊞ Across 橫

1. 香港島最大的公園是 _____ Park。

2. 「淺水灣」是 _____ Bay。

3. The Giant Buddha is on _____ Island.

4. You will meet Mickey Mouse and Donald Duck in _____ .

5. 山頂

⊞ Down 直

一. 位於中環的「國際金融中心」的英文縮寫

二. 赤柱

三. You can see dolphins and pandas in _____ Park.

四. 「香港濕地公園」是 Hong Kong _____ Park.

	一								
									四
			2						
			二				三		
3									
4									
		5							

社區篇

詞彙能量站

以下這些都是香港的街道名稱，看看你知道多少吧？

Connaught Road 干諾道

King's Road 英皇道

Austin Road 柯士甸道

Prince Edward Road 太子道

Peking Road 北京道

Boundary Street 界限街

Caine Road 堅道

Lockhart Road 駱克道

Score : 100

知識篇

ROUND 25-36

趣味漫畫③

得償所願

農曆
年初三
宜二 忌二

媽媽，今天我們去哪兒拜年？

今天是農曆年初三，是傳統的赤狗日，哪兒都不去！

什麼是「赤狗日」？

赤狗日俗稱「赤口」……

在中國的傳說中，赤狗是口舌官司之神，容易與人爭執，所以不宜去拜年啊！

赤狗？

嘩！

難得放假，窩在家中太無聊了！

我剛上網查過，

20℃

今天天氣晴朗，適宜郊遊呢！

既然如此，不如我們到大埔林村的許願樹那走走吧！

太好了！

大埔林村

這兒人山人海，又沒有指示牌，許願樹會在哪兒呢？

跟着人潮走就對了！

原來許願樹是假的！

真的許願樹，

因為人們不停拋擲寶牒而生病了。

大家為什麼都要來許願？

為了保護它，便拿一棵假樹來代替。

難道在這兒許的願望，都能成真嗎？

哪會有這麼好的事？

拍！

大家來這兒許願，主要是想保留傳統習俗。

許願都只求心安，能否如願已是次要！

除了中國，你們還知道世界各地都有哪些許願的方法嗎？

我知！

意大利人喜歡向羅馬的特雷維噴泉

投擲硬幣許願！

芬蘭人喜歡對着極光許願！

根據俄羅斯傳説，俄羅斯娃娃裏是住着精靈的。

真的？這樣挺簡單啊！

你只要對着最小的娃娃許願，再把它放回去……

娃娃裏的精靈就會為你實現願望！

文樂心家

娃娃精靈，請保佑我考試拿一百分！

好！放回去！

再來！

請保佑爸媽永不罵我！

再來！

請保佑我天天都能收到禮物！

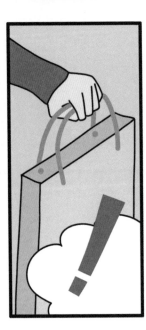

Round 25 The Internet
互聯網世界

Across 橫

1. 收件匣

2. I like _____ with friends online. 我喜歡在線上跟朋友聊天。

3. USB camera 的簡稱

4.

Down 直

一. 點擊

二. 電郵；電子郵件

三. 網站

四. Both Google and Yahoo are good _____ engines. 谷歌和雅虎都是很好的搜索引擎。

五. 博客；部落格；網絡日記

六.

					1		五		
2一									
		三		四		3		六	
4	二								

Round 26 What's the weather like? 天氣怎麼樣？

 Across 橫

1. 多雲；陰天的；陰雲密布

2.

3. After the rain, I can see a _____ in the sky.

4. the loud noise you hear in a storm

Down 直

一. 暴風雨

二. rather cold; not very warm

三. 薄霧

四. cold 的相反詞

五. The _____ signal No.8 is hoisted.

六. not wet

七.

八. not cold but not too hot

九. 有濃霧的

 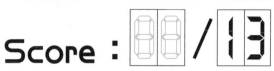

	1二								九
							七		
	2				五				
一									
		三							
3								八	
		4	四			六			

Round 27 In the sky 天空中

⊞ Across 橫

1. 「不明飛行物體」的英文簡稱

2. 太空人；宇航員

3. a thing like an umbrella that keeps you from falling too fast

4.

5.

⊞ Down 直

一. 「太空船」是 space _____ 。

二. an aircraft that can fly straight up and down

三. the biggest light thing in the sky at night

四.

Score : /09

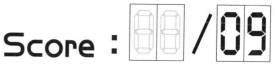

三

1

二

2 一

3

4 四

5

Round 28 What are their jobs?
他們的職業是什麼？

▦ Across 橫

1. a person who looks after you when you are ill

2. 女傭人；女僕

3. 護士

4. The _____ have caught the murderer. 警方已捉到了殺人犯。

5. 經理

6. a person who looks after sick animals

7. a person who writes or tells news stories

▦ Down 直

一. a person who looks after teeth

二. [image]

三. 「商店售貨員」是 _____ assistant。

四. 司機

五. [image]

六. a person who acts in a film or on television

1 一								五	
						2			
3			三						
					四				
			4						
		二							
								六	
5									
					6				
		7							

Round 29 Fruit and vegetables
水果和蔬菜

▦ Across 橫

1. a round, pink, juicy fruit with a soft skin

2. 草莓；士多啤梨

3. a sweet, yellow fruit with a large stone

4.

5. a long yellow fruit

▦ Down 直

一.

二.

三. a round fruit with an orange skin

四. 西瓜

五. 紅蘿蔔

六. a sweet, white fruit with a red skin

   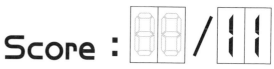
一				1			五		
		三							六
2				四					
			3						
	二		4						
5									

Round 30 Insects 昆蟲

Across 橫

1.

2. small flying insects that suck the blood of people and animals

3. 甲蟲

4. small insects that make sweet honey

5.

6. cockroach 的簡稱

Down 直

一.

二. 飛蛾

三. a beautiful insect with colourful wings

四. small insects living on the ground and known for hard work

Score : ☐☐ /10

	一			二					
1									
									四
					三				
2									
			3						
4									
				5					
6									

Round 31 On the farm 農場裏

▦ Across 橫

1. a young sheep

2. a piece of land, usually with special plants in it

3. a large, female farm animal which gives milk

4. 小雞

5.

6. 池塘；水池

7. 象徵和平和自由的鳥

8. 「鵝」的英文複數

9. 河流

▦ Down 直

一. an animal that gives meat and wool

二.

三.

四. a large animal that you can ride on

五. 水牛

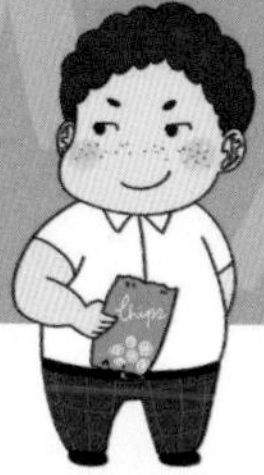

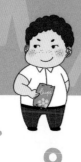

Score :   / 14

						1			五	
	2				三					
		一			3					
	4									
					5					
		6	二					四		
							7			
8										
					9					

Round 32 In the zoo 動物園裏

⊞ Across 橫

1. an animal like a mouse with wings

2. an animal with a very long neck

3.

4.

5. 森林之王

6. a big black and white animal from China

7. a wild black and white animal like a horse

⊟ Down 直

一. 沙漠之舟

二. a large grey animal with big ears and a long nose

三. a wild animal like a big cat

四.

五. a wild animal like a big dog

 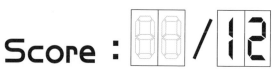
一									五	
		1		三						
						四				
		二		2						
	3									
					4					
					5					
6										
					7					

Round 33 Animals underwater 海底世界

⊞ Across 橫

1.

2. a sea animal that has a soft body and eight long arms

3. 「鯨魚」的英文複數

4. 「海草」是 sea_____。

5. a sea animal, sometimes taught to do tricks in shows

6. a large dangerous fish with very sharp teeth

7. 「海星」是 _____fish。

⊞ Down 直

一. 珊瑚

二. 海象

三.

四. 大蝦

五.

六. 海馬

七.「龍蝦」的英文複數

 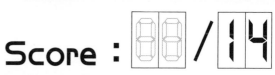
六

1　七

一

2　三　四

五

3

4 二

5

6

7

Round 34 Signs 告示

⊞ Across 橫

1. _____ of pickpockets 提防小偷
2. 🚭 No _____ 嚴禁吸煙
3. Don't _____ 切勿亂拋垃圾
4. Keep _____ 保持肅靜
5. _____ your head 小心碰頭
6. Mind the door _____ 小心車門空隙

⊞ Down 直

一. No _____ 切勿隨地吐痰
二. _____ after use 用後請沖廁
三. ⚠ _____ 危險
四. Don't _____ on grass 請勿踐踏草地

 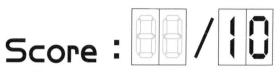
四

二

1

2 一

3

二

4

5

6

Round 35 Chinese festival
中國節慶

Across 橫

1.
2.
3. 廟宇
4. People pray before their ancestors and sweep the _____ at Ching Ming Festival.
5. 拜神時用的「香」是 _____ stick。

Down 直

一. People eat rice _____ at Dragonboat Festival.
二.
三. 「紅封包；利是」是 red _____ 。
四. 「舞獅」是 lion _____ 。
五. Children play with _____ at Mid-Autumn Festival.

 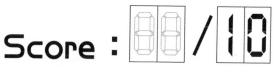
	1		二					四		
	一			三						
									五	
	2									
				3						
		4								
						5				

Round 36 Things we do 動作

Across 橫

1. The baby is ________ ing loudly.
2. I didn't ________ well last night, and I am tired now.
3. She's a very good dancer. Will you ________ with her?
4. I ________ to school by MTR every day.
5. 玩耍
6. I am ________ ing a ball. 我在踢球。
7. We ________ a song in the music lesson yesterday.
8. "Help!" he ________ ed.

Down 直

一. ________ the floor, please. 請掃一掃地。

二. 

三. Do you like to ________ books?

四. The horse is ________ over the fence.

五. I ________ a letter from my uncle today.

六. 煮；烹調

七. I ________ a letter to my cousin last Friday.

八. 

九. ________ (步行) is a good form of exercise.

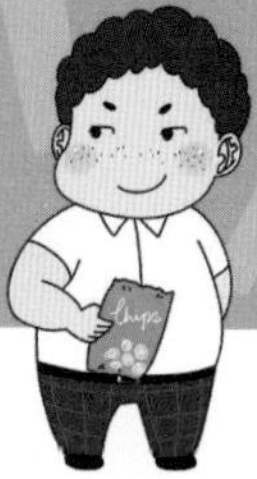

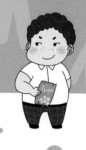

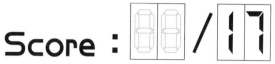

Score : /17

				四			1	八	
						七			
		三							
2 一									
		3			六			九	
				4					
5	二								
					6				
				五					
						7			
8									

詞彙能量站

以下這些都是香港的政府部門,你知道它們的英文名稱嗎?

Education Bureau 教育局

Department of Health 衞生署

Water Supplies Department 水務署

Transport Department 運輸署

Architectural Services Department 建築署

Highways Department 路政署

Inland Revenue Department 稅務局

Hong Kong Observatory 香港天文台

Score : 100

破 關 答 案
解 說

縮略詞説明
本部分所採用的縮略語

例 例子 　　　□ 口語說法
亦 亦作 　　　正 正式說法
單 單數 　　　全 全稱
複 複數 　　　簡 簡稱
反 反義詞 　　　注 注意
聯 聯想詞語
美 美語說法

破關答案解說　生活篇

Round 1 My face 我的臉孔

		¹一T	O	N	G	U	⁵五E	
		O					A	
	²M	O	U	T	³三H		R	
		T			A			⁶六N
		H		³L	I	P		O
		⁻E			R			S
		Y				⁴E	Y	E
⁵C	H	E	E	K				
		B		四C				
⁶F	O	R	E	H	E	A	D	
		O		I				
		W		N				

解說

橫 3 ：(聯) lipstick 唇膏；口紅

橫 4 ：(聯) tear 眼淚 | eyelashes 眼睫毛 |
　　　eyelid 眼皮；眼瞼

直一：(複) teeth

直二：(簡) brow

直三：不可數名詞 (uncountable noun)。

直四：男人下巴長出的鬍子是 beard。

Round 2 My body 我的身體

		¹N	四A	I	L			
			R		六S			
	²S	³T	O	M	A	C	H	八E
		O					O	L
³K	N	E	E		⁴T	H	U	M	B
	E						L	O
	C			⁵五H	E	A	D	W
	K			A			E	
	⁶三F	I	N	G	E	R	⁷S	
		E		D			K	
	⁷L	E	G				I	
		T					N	

解說

橫 1 ：(亦) fingernail

橫 2 ：(口) belly / tummy

橫 4 ：大拇指。(聯) index finger 食指 |
　　　middle finger 中指 | ring finger
　　　無名指 | little finger 小指

橫 5 ：頭部有腦袋 (brain)。

直三：(單) foot

直七：不可數名詞 (uncountable noun)。

110

Round 3　My family 我的家庭

		F				B	A	B	Y
		A			G	U			
M	O	T	H	E	R	N			
U/O		H			A	T			
M		E			N				
	G	R	A	N	D	P	A		
					M				U
			C	O	U	S	I	N	
					T				C
	B	R	O	T	H	E	R		L
					E				E
S	I	S	T	E	R				

解説

横1 ：複 babies

横3 ：亦 granddad　正 grandfather

横4 ：cousin 指堂兄弟、堂姊妹、表兄弟或表姊妹。

直一 ：美 mom　亦 mummy

直二 ：口 papa / dad / daddy

直三 ：口 grandma / granny / grandmum　美 grandmom

直四 ：aunt 指伯母、嬸嬸、舅母、姑媽或姨媽。亦 auntie / aunty

Round 4　In the living room 客廳裏

		C	U	R	T	A	I	N	
C		O							
L		N		P	L	A	N	T	
O		D		I				V	
C	E	I	L	I	N	G			
K		T		G					
		I		H				V	
S	O	F	A	T		F		A	
O						L		S	
T	E	L	E	P	H	O	N	E	
R				O					
			C	A	R	P	E	T	

解説

横5 ：簡 phone

直一 ：例 alarm clock 鬧鐘

直二 ：air-conditioner 指冷氣機；空調。口 air-con

直三 ：沒有固定位置，可以隨意移動的燈是 lamp。

直四 ：也指「樓層」。

直五 ：全 television 口 telly

Round 5 My bedroom 我的睡房

			¹S	⁽四⁾C	A	L	E	S	
					O				⁽六⁾B
		⁽三⁾P		M					O
²⁻S	L	I	P	P	E	R	S		O
S	H	L		U					K
L	E	L		T					S
E	E	O		E		⁽五⁾P			H
E		³W	A	R	D	R	O	B	E
T						S			L
⁴⁻B	U	N	K			T			F
E						E			
D		⁵H	A	N	G	E	R		

解說

橫 1：磅秤；天秤。⑱ scale

橫 2：⑲ a pair of slippers 一雙拖鞋

橫 4：⑲ top bunk 上層牀 | bottom bunk 下層牀

直一：⑲ change the sheets 換洗牀單

直四：用於家庭的一般是 home computer（家庭電腦）或 personal computer / PC（個人電腦）。

直六：⑭ bookshelves

Round 6　My clothes 我的衣服

			¹⁻B	O	O	T	S	
²C	O	A	T		E			
		⁻T		R		L		⁽五⁾D
	³S	H	O	R	T	S		R
		U				⁴T	I	E
	⁻S	S		⁽四⁾J		S		S
⁵S	H	O	E	S				
	I	R		A	⁶C	A	P	
	R		⁷S	O	C	K		
	T				E			
	⁸S	K	I	R	T			

解說

橫 1：⑲ a pair of boots 一雙靴子

橫 3：⑲ a pair of shorts 一條短褲

橫 4：領帶。⑲ bow tie 蝶形領結

橫 5：⑲ a pair of shoes 一雙鞋子 ⑱ shoelace 鞋帶 | a pair of trainers（英式）/ sneakers（美式）一雙運動鞋

橫 6：⑲ shower cap 淋浴帽 | swimming cap 游泳帽

橫 7：⑲ a pair of socks 一雙襪子

直二：⑱ pants

Round 7 In the bathroom 浴室裏

	T	O	I	L	E	T	T	
	O						A	
T	O	W	E	L			P	
	T				S			
S	H	A	M	P	O	O		M
	B				A			U
	R		S		P	L	U	G
	U		T					
	S	H	O	W	E	R		
M	H	O						
A			C	L	O	T	H	
T	U	B						

解説

橫1：也指「廁所；洗手間」。

橫3：(複) shampoos (聯) conditioner 護髮素

橫7：bathtub 浴缸。

直一：bathmat 浴室腳墊。

直二：(聯) toothpaste 牙膏 | dental floss 牙線 | mouthwash 漱口水

直四：不可數名詞 (uncountable noun)。

直五：水龍頭。(例) tap water 自來水

直六：mug 比一般的 cup（杯子）大。

Round 8 In the kitchen 廚房裏

C	O	O	K	E	R	R			W
U						E			O
P						F	O	R	K
B						R			
C	H	O	P	S	T	I	C	K	S
T						G		N	
T						E		I	
S	A	L	T			R		F	
U						A		E	
G						T			
A	P	R	O	N		O			
R			V		B	R	O	O	M
			E						
			N						

解説

橫1：「廚師」是 cook，不是 cooker。

橫3：(例) a pair of chopsticks 一雙筷子

橫4：不可數名詞 (uncountable noun)。

橫6：(聯) broomstick 掃帚柄

直一：不可數名詞。

直四：oven 第一音節的 o 讀成 /ʌ/，不是 /o/。

直五：(簡) fridge

直六：(複) knives

Round 9 My birthday party 我的生日會

	B						
¹C	A	R	D		²四C	U	T
	L				A		
³C	L	A	P	P	I	N	G
	O				D		
	O			⁴B	L	O	W
	N			E			
				³W			
	⁵S	I	N	G	I	N	G
				T		S	
⁶K	I	S	S		H		

解説

横 2：動詞四態：cuts（現在式），cut（過去式），cut（完成式），cutting（進行式）

横 3：clap 拍手；鼓掌。動詞四態：claps, clapped, clapped, clapping

横 4：blow out (the candles) 吹熄（蠟燭）。

直三：願望。例 make a wish 許願

Round 10 Making friends 交朋友

¯W			¹四W	I	L	L		
²H	O	W		H				
E		H		A				
R		³O	F	T	E	N		⁹M
E				A				A
	²M			⁴M	A	N	Y	
⁵G	O	O	⁵D	B	Y	E		E
	R		E			V		
	⁶N	O			⁷七W	H	E	N
	I				H		R	
⁸O	N				Y			
	G							

解説

横 1：將會；將要。用於表示簡單將來式。

横 2：How are you? 您好。見到熟人時的招呼語，常回答：Fine, thanks. And how are you?

横 5：再見；再會。簡 Bye

直二：Good morning 早安；早晨。簡 morning

直五：What do you want to be...? 你（長大以後）希望做什麼？用作詢問別人理想中的職業。

Round 11 My hobbies 我的愛好

				⁶C	A	M	⁸P
		⁻F		H			I
⁻S	I			E			C
²T	E	L	⁵E	V	I	S	I	O	N
A	M		I	S			I
M	S		D		⁷C		C
P		E			O		S
S		³⁴M	O	D	E	L	S
	⁻D	U			L		
	R	S		⁴R	E	A	D
⁵R	A	D	I	O		C	
	W	C				T	

解説

横 1：camping 紮營；露營。(聯) campsite 營地

橫 2：(簡) TV

橫 3：(例) model car 模型車 | model aeroplane 模型飛機

橫 4：reading 閱讀；看書。

橫 5：listening to the radio 聽收音機，冠詞 the 不能刪去。

直三：watching films 看電影。(美) going to the movie

直五：視頻的；影像的。

Round 12 Our feelings 我們的感覺

			¹P	A	I	N	
	⁻N		R				
²J	E	A	L	O	U	S			⁻S
	R		U				U
	V		D				R
	O						P
³U	N	H	A	P	P	Y
	S	U				R
	⁴A	N	G	R	Y		I
⁻S	G					S
⁵T	H	I	R	S	T	Y	E
	Y	Y		⁶S	A	D

解説

橫 1：不可數名詞 (uncountable noun)。

橫 2：名詞是 jealousy。

橫 6：名詞是 sadness。

直一：緊張不安。(反) calm 鎮定

直二：(反) confident 自信的

直三：(反) full 飽

直四：proud of 為……而驕傲 / 自豪，名詞是 pride。

Round 13 At a Chinese restaurant 在中餐廳

	W						
¹P	O	T			²四D	I	M
	N		³B	U	N		
	T			M			
	O	²三R		P			
⁴N	O	O	D	L	E	S	
	L		I				
⁵A	²二B	A	L	O	N	E	⁵五B
	E		G				E
⁶F	E	E	T	⁷S	O	Y	A
	F						N

解説

橫1：teapot 茶壺。⑯ teacup 茶杯

橫2：⑯ steamed rice roll 腸粉 | steamed prawn dumpling 蝦餃 | steamed pork ribs 蒸排骨

橫6：chicken feet 雞腳；鳳爪。
⑰ chicken claws

橫7：soya sauce 醬油；豉油。
⑰ soy sauce

直一：餛飩。

直五：bean curd 豆腐。⑰ tofu

Round 14 At a fast food shop 在快餐店

		⁴四P					
	¹C	H	I	P	S		
		Z			⁶六J		
	¹三D	Z			U		
	²二S	A	N	D	W	I	C	H
	O	N	A	L		C		A
	N	U	L		³C	R	E	A	M
⁴S	T	R	A	W				B
		D						U
			⁵五C	O	K	E		R
	¹P	A					G
	⁶M	I	L	K	S	H	A	K	E
		E	E					R

解説

橫1：答案亦作 fries。炸薯條。美 French fries ⑯ fries

橫2：三明治；三文治。複 sandwiches

橫5：可樂；可口可樂。不可數名詞 (uncountable noun)，通常作大寫，即 Coke。全 Coca-Cola

直一：複 donuts ⑰ doughnut

直六：不可數名詞。

直七：⑯ burger

Round 15 Having a buffet dinner 吃自助晚餐

```
      ⁼S
  ¹O Y S T E R        六S
  U                  S
²⁻S P A G H E T T I
  U          E
  S    ³⁼M    A      七S
  H    E  ³P O R K    A
  I    N    N        L
  ⁴P U D D I N G      M
       I    O        O
       S  ⁵N A P K I N
  ⁶F I S H
```

解説

橫 2：意大利麵麵條；意大利粉。不可數名詞 (uncountable noun)。

橫 5：餐巾。

直一：壽司。不可數名詞。(聯)sashimi魚生；刺身

直二：不可數名詞。(例) a bowl of soup 一碗湯 | tomato soup 番茄湯 | borsch 羅宋湯

直四：碟子；盤子。(複) dishes

直五：洋葱。(例) onion soup 洋葱湯 | onion rings 炸洋葱圈

直六：不可數名詞。

直七：(複) salmon / salmons

Round 16 At school 學校裏

```
¹T O I L E T
  O           四L
  F  ²⁻³P U P I L       五C
  F    I    B          O
  ³C L A S S R O O M    M
  E    Y    A          P
⁻H    G   ⁴A R T        U
  A    R    Y          T
  L    O               E
  L  ⁵M U S I C        R
       N
⁶H E A D M A S T E R
```

解説

橫 1：洗手間；廁所。也可指廁所裏的馬桶。

橫 2：小學生一般稱為 pupil，中學或以上的學生稱為 student。

橫 6：男校長。(聯) headmistress 女校長 (美) principal 男 / 女校長

直三：也可指公園裏的遊樂場。

直四：(複) libraries

117

Round 17 Our city 我們的城市

解説

横 2：機場。例 Hong Kong International Airport 香港國際機場

直一：游泳池。全 swimming pool

直二：例 Hong Kong Science Museum 香港科學館 | Hong Kong Space Museum 香港太空館

直四：戲院。複 cinemas 例 Let's go to the cinema tonight. 我們今晚去看電影吧。

Crossword grid answers:
- 直三 R E S T A U R A N T
- 直四 C I N E M A
- 直六 B A A K
- 直一 M U S T O O L
- 横1 D E P A R T M E N T
- 直二 U U M R A N
- 横 H S
- 横2 A I R P O R T
- 横3 P O S T
- 横 S P I T A
- 横 T I O N
- 横4 M A R K E T
- 横5 S C H O O L

Round 18 On the road 馬路上

解説

横 1：自行車；腳踏車；單車。口 bike

横 2：全 Mass Transit Railway 注 地下鐵或地鐵在英國叫 underground，在美國叫 subway。

横 3：聯 flyover（行車的）天橋

横 4：全 Light Rail Transit

横 5：計程車；的士。美 cab

直一：摩托車；電單車。口 motorbike

直五：聯 ambulance 救護車 | minibus 小巴 | ｖ小貨車 | tram 電車 | peak tram 山頂纜車

直六：聯 pedestrian crossing 行人橫道 | zeb crossing 斑馬線 | pavement 行人道

Crossword grid answers:
- 横1 B I C Y C L E
- 横2 M S M T R P
- 横3 F O O T B R I D G E
- 横4 L R T
- 横5 T A X I
- 横6 L I G H T
- 直一 M O T O R C Y C L E
- 直三 S U B W A Y
- 直五 T R A I N

Round 19 On the sea 海上

	¹W	A	R	S	H	I	⁴ᵖP	
							I	⁶ᵇB
							E	R
	²H	A	R	²ᵇB	O	U	R	I
			O			⁵ʲJ	G
³ᵢL	I	G	H	T	H	O	U	S	E
I						N
⁴F	E	R	R	³ʸY		K
E				A				
			⁵C	A	N	O	E
			H
	⁶J	E	T	F	O	I	L

解説

橫2：海港。⑱ harbor ⑲ Victoria Harbour 維多利亞港 | Keelung Harbour 基隆港 | cross harbor tunnel 海底隧道

橫4：渡輪；渡船；渡海小輪。⑲ ferries

橫6：水翼船。⑰ hydrofoil ⑳ container ship 貨櫃船 | hovercraft 氣墊船 | submarine 潛水艇

直一：lifeboat 救生艇。

直五：中式帆船。

Round 20 At the supermarket 超級市場裏

			²ᵇB				
	¹D	R	I	N	K	⁴ˢS		⁶ˢS
			S			N		H
	²C	H	O	C	O	L	A	T	E
	A		U			C		L
	S		I			K		F
	H		T		³ᶜC		⁵ᵐM
³R	I	C	E		⁴M	O	N	E	Y
	E				U		A
⁵B	R	E	A	D		⁶N	U	T	⁷ˢS
					T		S	O
	⁷T	R	O	L	L	E	Y	F
					R		T

解説

橫2：巧克力；朱古力。不可數名詞 (uncountable noun)。⑲ a bar of chocolate 一條巧克力

橫3：米；飯。不可數名詞。⑲ a bowl of rice 一碗飯

橫5：不可數名詞。⑲ a slice of bread 一片麵包

橫7：手推車。⑱ caddie

直二：餅乾。⑱ cookie

直五：肉類。不可數名詞。⑳ beef 牛肉 | veal 牛仔肉 | mutton 羊肉 | lamb 羊仔肉 | pork 豬肉

直六：⑲ shelves

Round 21 In the toy shop 玩具店裏

			四R			
		¹D	O	L	L	
	一M	三C		B		
²M	O	N	O	P	O	六Y
	D	M		T		O
	E	I				Y
	L	³C	A	R	T	O	O	N
				O		
		⁴P	U	P	P	E	七T
	五B			E		A
	E			⁵L	E	G	O
⁶M	A	R	B	L	E	
	R					

解說

橫 2：Monopoly 大富翁，商標名稱，常作大寫。不可數名詞 (uncountable noun)。

橫 4：木偶；布偶。例 glove puppet 手套木偶 | finger puppet 手指木偶

橫 5：Lego 樂高模型，商標名稱，常作大寫。不可數名詞。

直六：yo-yo 搖搖；溜溜球。

Round 22 In the pet shop 寵物店裏

一K				¹P	U	P	P	Y
I			四G				
²T	O	三R	T	O	I	S	E
T		A	L			六M
E		B	³D	O	G		O
N		B	F			U
		I	I		五P	S
⁴C	A	T	⁵S	N	A	K	E
A			H	R		七B
G			R	R		O
E			R	O		W
			⁶T	A	I	L

解說

橫 1：小狗。(複) puppies

橫 2：烏龜。(聯) turtle 海龜

直三：兔子。(聯) hare 野兔

直四：金魚。(複) goldfish / goldfishes

直六：老鼠。(複) mice

Round 23 In the playground 遊樂場上

			¹⁴S	L	I	D	E	
			K					⁶B
		²J	A					E
²¹F	O	U	N	T	A	I	N	N
E	N		E					C
N	G		³B	R	A	N	C	H
C	L		O					
E	E		A				⁷K
			R		⁵W		I
⁴R	O	U	N	D	A	B	O	U	T
		E			R		E
	⁵S	T	R	E	A	M

解説

横 1：滑梯。(聯) seesaw 蹺蹺板 | swings 鞦韆

橫 3：(複) branches

橫 4：旋轉輪。(亦) merry-go-round

直二：(亦) climbing frame

直三：網。(聯) a butterfly net 捕蝶網 | a fishing net 魚網 | a volleyball net 排球網

直六：長凳。(聯) benches

Round 24 Travelling around Hong Kong 暢遊香港

¹V	I	C	T	O	R	I	A	
	F							⁴W
	C		²R	E	P	U	L	S	E
								T
		²S			³O		L
³L	A	N	T	A	U		C	A
		A			E		N
⁴D	I	S	N	E	Y	L	A	N	D
		L			N		
	⁵P	E	A	K		
		Y				

解説

橫 2：Repulse 有「擊退」之意，是以前一艘負責巡邏此區的英國海軍戰艦的名字。

橫 5：常作大寫，即 the Peak。

直一：(全) International Finance Centre

直二：據說赤柱以前長有很多紅色的木棉樹，看起來像赤紅色的柱子，因而得名。其英文名 Stanley 則來自前英國首相史丹利勳爵 (Lord Stanley)。

破關答案解說 知識篇

Round 25 The Internet 互聯網世界

				¹I	⁵B	O	X
					L	O	
					O	G	
²C	H	A	T	T	I	N	G
L							
I		³W	⁴S		³C	A	⁶M
C		E	E		A		O
⁴K	E	Y	B	O	A	R	D	U
M		B	A		R		S
A		S	R		C		E
I		I	C		H		
L		T					
		E					

(橫1: INBOX, 橫2: CHATTING, 橫3: CAM, 橫4: KEYBOARD; 直: CLICKMAIL, WEBSITE, SEARCH, BLOG, MOUSE)

解説

橫 1：（聯）outbox 寄件匣 | trash box 刪除郵件 | draft 草稿

橫 2：chat 聊天。動詞四態：chats（現在式），chatted（過去式），chatted（完成式），chatting（進行式）

橫 3：USB camera 網絡攝影機。（亦）web cam（簡）cam

直五：Web log 的簡稱，即網絡日記，音譯博客、部落格。

Round 26 What's the weather like? 天氣怎麼樣？

¹C	L	O	U	D	Y		⁹F
O					⁷R		O
O					A		G
²L	I	G	H	⁵T	N	I	N	G
⁻S				Y		N		Y
T				P		Y	
O		³M		H			
³R	A	I	N	B	O	W	⁸W
M		S		O			A
		⁴T	H	U	N	⁶D	E	R
		O				R		M
		T				Y	

(橫1: CLOUDY, 橫2: LIGHTNING, 橫3: RAINBOW, 橫4: THUNDER)

解説

橫 1：（例）a cloudy day 陰天

橫 2：閃電；電光。不可數名詞 (uncountable noun)。

橫 4：雷；雷聲。「雷電交加」是 thunder and lightning，這個次序是固定不變的，不能說成 lightning and thunder。

直一：形容詞是 stormy（有暴風雨的）。

直三：形容詞是 misty（有薄霧的）。

直七：下雨的。名詞是 rain（雨）。

直九：名詞是 fog（濃霧）。

122

Round 27 In the sky 天空中

					³M		
			¹U	F	O		
		²H			O		
²S	P	A	C	E	M	A	N
H		L			I		
I		L					
³P	A	R	A	C	H	U	T	E
		O					
⁴A	E	R	O	P	L	A	N	E	⁴S
		T					T
⁵R	O	C	K	E	T		A
		R					R

解説

横1：不明飛行物體；幽浮物。

　　(全) unidentified flying object

　　(亦) flying saucer

橫2：(複) spacemen (亦) astronaut

橫4：飛機。(單) aeroplane (簡) plane (美) airplane

橫5：火箭。(聯) space shuttle 穿梭機 | satellite 人造衛星

直一：spaceship 太空船。

直三：月亮；月球。與 the 連用，即 the moon。(聯) moonlight 月光

Round 28 What are their jobs? 他們的職業是什麼？

¹D	O	C	T	O	R			⁵F	
E					²M	A	I	D
³N	U	R	S	E				R
T		H		⁴D				E
I		O		R				M
S		⁴P	O	L	I	C	E	N
T		²S		V			
		I		E			⁶A
⁵M	A	N	A	G	E	R		C
		G			⁶V	E	T
		E					O
		⁷R	E	P	O	R	T	E	R

解説

橫4：(聯) policeman 警察 | (複) policemen

橫6：獸醫。(全) veterinarian

直三：shop assistant 商店售貨員。

　　(亦) sales assistant (美) sales clerk

直五：消防員。(複) firemen (美) firefighter

　　(聯) fire engine 消防車 | fire station 消防局 | fire extinguisher 滅火器

直六：演員。(聯) actress 女演員 | TV star 電視明星 | film star 電影明星

破關答案解說 知識篇

Round 29 Fruit and vegetables 水果和蔬菜

一M				1P	E	A	五C	H	
U		三O					A		六L
2S	T	R	A	四W	B	E	R	R	Y
H		A		A			R		C
R		N		T			O		H
O		G		E			T		E
O		E		R					E
M				3M	A	N	G	O	
				E					
	二P			4L	E	M	O	N	
	E			O					
5B	A	N	A	N	A				

解說

橫 1 ：桃子。(複) peaches

橫 2 ：(複) strawberries

橫 3 ：芒果。(複) mangoes

直四：(聯) honeydew melon 蜜瓜 | pumpkin 南瓜

直六：荔枝。(複) lychees

Round 30 Insects 昆蟲

	一G			二M					
1D	R	A	G	O	N	F	L	Y	
	A			T					
	S			H					四A
	S					三B			N
	H					U			T
2M	O	S	Q	U	I	T	O	E	S
	P					T			
	P			3B	E	E	T	L	E
4B	E	E	S			R			
	R					F			
					5F	L	I	E	S
6R	O	A	C	H		Y			

解說

橫 1 ：蜻蜓。(複) dragonflies

橫 2 ：蚊子。(複) mosquitos / mosquitoes

橫 5 ：蒼蠅。(單) fly

橫 6 ：蟑螂。(全) cockroach

(複) cockroaches

直三：蝴蝶。(複) butterflies

(聯) caterpillar 毛蟲

Round 31 On the farm 農場裏

				¹L	A	M	B⁵
²F	I	E	L	D³			U
			D				F
	S		³C	O	W		F
⁴C	H	I	C	K			A
	E		⁵S	N	A	I	L
	E						O
	⁶P	O	N	D		H⁴	
	W				⁷D	O	V	E
	L					R	
⁸G	E	E	S	E		S	
			⁹R	I	V	E	R

解説

橫 3：母牛；乳牛。聯 bull 公牛 | calf 小牛

橫 4：聯 chicken 雞 | hen 母雞 | cock 公雞

橫 7：白鴿。複 doves 聯 pigeon 鴿子

橫 8：單 goose

直一：羊；綿羊。複 sheep

直二：貓頭鷹。英語中有 night owl 一詞，用來形容那些經常深夜不睡的人。

直三：鴨子。單 duck 複 duck / ducks 聯 duckling 小鴨

直四：馬。聯 zebra 斑馬

Round 32 In the zoo 動物園裏

							W⁵	
C¹								
A	²B	A	T				O	
M			I		C⁴		L	
E	³E		²G	I	R	A	F	F	E
L	L		E		O			
	³B	E	A	R		C		
	P		⁴K	O	A	L	A	
	H			D				
	A		⁵L	I	O	N		
⁶P	A	N	D	A	L			
	T		⁷Z	E	B	R	A	

解説

橫 1：蝙蝠。

橫 2：長頸鹿。複 giraffes

橫 3：熊。例 grizzly bear 大灰熊 | polar bear 北極熊

橫 4：樹熊；無尾熊。複 koalas 亦 koala bear

橫 5：獅子。人們一般稱牠為森林之王 (the king of the jungle)。

橫 6：熊貓。亦 giant panda

直四：鱷魚。來自希臘文 krokodilo，意思是巨大的蜥蜴。

直五：狼。複 wolves

破關答案解說 知識篇

Round 33 Animals underwater 海底世界

							⁶S		
					¹S	E	A	⁷L	
¹C							A	O	
²O	C	³T	⁴P	U	S		H	B	
R	U	R			J		O	S	
A	R	A			E		R	T	
L	T	³W	H	A	L	E	S	E	
L		L			L		Y	R	
⁴W	E	E	D		Y			S	
A					F				
L		⁵D	O	L	P	H	I	N	
R					I				
U				⁶S	H	A	R	K	
⁷S	T	A	R						

解說

橫 2：章魚；八爪魚。(複) octopuses/octop
　　　(注) 香港的八達通卡稱為 octopus
　　　card，取其四通八達之義。

橫 4：seaweed 海草。不可數名詞
　　　(uncountable noun)。

橫 7：starfish 海星。(複) starfish/starfishes

直一：不可數名詞。

直二：(複) walrus/walruses

直三：海龜。生長在陸地上的龜則是 tortois
　　　(陸龜)。

直四：(美) shrimp

直五：水母。(複) jellyfish/jellyfishes

Round 34 Signs 告示

						⁴S	
				³D		T	
		¹B	E	W	A	R	E
				A		P	
²S	M	O	K	I	N	G	
P				G			
³L	I	T	T	E	R		
T			²F				
T		⁴S	I	L	E	N	T
⁵M	I	N	D		U		
N				S			
⁶G	A	P		H			

解說

橫 1：(聯) thief 小偷；竊賊 | burglar（入屋行竊
　　　的）竊賊 | robber 強盜

橫 3：(亦) No littering (注) litter 可作名詞用，意
　　　為「垃圾；廢棄物」，尤指公共場所亂
　　　扔的廢紙、空汽水罐等。例：The park
　　　is full of litter. 公園裏滿是亂扔的垃圾。

直一：spit 可作動詞用，意為「吐痰；吐口水」
　　　過去式是 spat。例：He spat at the
　　　murderer. 他朝那個殺人兇手吐口水。

Round 35 Chinese festivals 中國節慶

¹B	U	D	D	H	A		⁴D		
	R						A		
³D	A		³P				N		
U	G		A				C		⁵L
²M	O	O	N	C	A	K	E		A
P	N		K						N
L	B		E						T
I	O		³T	E	M	P	L	E	R
N	A								R
G		⁴T	O	M	B				N
S						⁵J	O	S	S

解説

橫 1：佛；佛像。一般寫作 the Buddha。⑱ Buddhism 佛教

橫 2：月餅。⑱ Mid-Autumn Festival | Moon Festival 中秋節

橫 4：墳墓。⑱ Ching Ming Festival | Tomb Sweeping Day 清明節

直一：rice dumplings 糉子。⑱ rice dumpling ⑲ zongzi ㊟ 端午節也叫 Tuen Ng Festival

直二：龍舟。⑳ dragonboat race 龍舟競渡

直三：red packet 紅封包；利是。⑲ laisee

Round 36 Things we do 動作

			⁴J		¹C	R	Y	
			U		⁷W		U	
		³R	M		R		N	
²S	L	E	E	P	O			
W	A		I		T			
E		³D	A	N	C	E		⁹W
E			⁴G	O				A
⁵P	L	A	Y					L
	A				⁶K	I	C	K
	U		⁵G					I
	G		O		⁷S	A	N	G
⁸S	H	O	U	T			G	

解説

橫 1：cry 哭泣。動詞四態：cries（現在式），cried（過去式），crie（完成式），crying（進行式）

橫 6：kick 踢。動詞四態：kick, kicked, kicked, kicking

橫 7：sing 唱歌。動詞四態：sings, sang, sung, singing

橫 8：shout 大叫。動詞四態：shouts, shouted, shouted, shouting

直四：jump 跳。動詞四態：jumps, jumped, jumped, jumping

直五：get 得到；收到。動詞四態：gets, got, got(gotten), getting

直七：write 書寫。動詞四態：writes, wrote, written, writing

鬥嘴一班學習系列

鬥嘴一班英文填字王

漫畫編寫：卓瑩
填字遊戲：Aman Chiu
繪　　圖：Alice Ma　　歐偉澄
責任編輯：張斐然
美術設計：張思婷
出　　版：新雅文化事業有限公司
　　　　　香港英皇道 499 號北角工業大廈 18 樓
　　　　　電話：(852) 2138 7998
　　　　　傳真：(852) 2597 4003
　　　　　網址：http://www.sunya.com.hk
　　　　　電郵：marketing@sunya.com.hk
發　　行：香港聯合書刊物流有限公司
　　　　　香港荃灣德士古道 220-248 號荃灣工業中心 16 樓
　　　　　電話：(852) 2150 2100
　　　　　傳真：(852) 2407 3062
　　　　　電郵：info@suplogistics.com.hk
印　　刷：中華商務彩色印刷有限公司
　　　　　香港新界大埔汀麗路 36 號
版　　次：二〇二二年七月初版
　　　　　二〇二四年九月第三次印刷

ISBN:978-962-08-8062-9
© 2022 Sun Ya Publications (HK) Ltd.
18/F, North Point Industrial Building, 499 King's Road, Hong Kong
Published in Hong Kong SAR, China
Printed in China